EL LICENCIADO PERIQUÍN

Juan Cortés de Tolosa

Nació Pedro de la Oliva en Segovia. Fue hijo de Pedro de la Oliva y de María de Oceta, vizcaýnos, gente pobre, mas muy bien nacida. Fue el exercicio de su padre acudir a las cobranças de los mercaderes, assí dentro de la ciudad como fuera della. Nació de pies, en los verdes años de sus padres y en los primeros de su matrimonio, y luziósele bien, porque sacó compuestos los quatro humores, y muy alegre, tanto que como otros nacen llorando, él nació riendo. Tomar luego el pecho le hizo partícipe de la no regalada comida de su madre: mamó con moderación, y tanta, que parecía conocer la necessidad de su casa. Baptizaron a Pedro, cuyos vizcaýnos padrinos hizieron juyzio sobre su nacimiento, teniéndole por afortunado. La comadre, que de casos tales más que los judiciarios alcança, dixo:

-¿Por qué pensáys que se les atribuye fortuna a los que de pies nacieron?

-Porque lo hemos oýdo a muchos -respondieron ellos.

Propia definición de legos que estudiantes se pretenden mostrar.

-Lo cierto es -dixo ella- que partos en que viene la criatura los pies abaxo son contra naturaleza del parir. Las más vezes suelen nacer muertos o morirse entonces, y dízese de los que escaparon que son afortunados: y es ansí, aunque yerran en su inteligencia.

Al fin, Pedro fue creciendo ni delicado ni llorón, essento de las cosas que a los niños suelen hazer enfadosos. Era agradable y hazíase querer bien en sus tiernos días, descubriendo en ellos mucho donayre para los futuros. Y ya Pedro estava en términos de yr a la escuela, donde fue tan diabólico que le tomó el maestro unos pliegues al nombre, llamándole Periquín, en el qual le confirmaron los demás muchachos sus condicípulos, a quien junto con él hazía notables burlas. A cuyo tiempo se llevó Dios a su padre.

La viuda no pudo acabar de enseñárselo, por cuya causa le acomodó con un mercader, que le ofreció hazerlo él y después tenerle en la tienda, para que se habilitasse y por aquel camino hazelle hombre. La madre se lo agradeció mucho y llevó su hijo, el qual estuvo en su casa hasta que supo bien leer, escrivir y contar.

Luego que Pedro se vio en este estado, como no viniesse en el desinio de su amo, se fue a Madrid para poner el suyo por obra, que era guiar por el camino de las letras. Para lo qual se acomodó con un clérigo que cerca de un mesón vivía, que le ofreció dar estudio, en cuya casa entró con mal pie; y aunque por entonces no tuvo efecto el de la mula de su dueño, que le quiso dar a entender que no estava manca de los pies, túvole al fin el de un vizcaýno que en el mesón estava, adonde Pedro de quando en quando se yva a entretener. Éste respondió a Periquín, a no sé qué chufeta que en su lengua le dixo, con una tan buena coz que, después de aver rodado las escaleras de un sótano, se abrió la cabeça en una de las piedras de su cimiento, de que quedó sin habla y aun como sin vida.

Lleváronsele a su amo y, llamando un barbero que le tomasse la sangre, dixo que era negocio de mucha consideración, que para el día siguiente llamassen a un cirujano: en lugar de lo qual le llevaron al hospital, donde, aunque llegó muy al cabo, al fin tuvo salud, y, luego que le pusieron parche, le embiaron con Dios.

Hallóse desamparado, solo y en tierra agena, causa de que pidiesse de en puerta en puerta, porque, como los males pocas vezes vengan sin criado (que suele ser mejor que el amo, como a este pobre moço le sucedió), tuvo nuevas de que su madre era muerta. Entendió muy bien el juego de los pobres, y como no todos lo eran del Señor y quan poca justicia avía para ellos, importando tanto que huviesse mucha para que les buscasse las vidas y aliviasse el lugar de los que no estuviessen muy impedidos; porque en breve tiempo, si se advirtiesse, de cien pobres ay veynte más que piden o persiguen no con la causa que éste de presente lo haze, porque a la gran herida y al poco tiempo que avía que salió del hospital, le era permitido buscar para lo tan necessario como es la comida.

Yva con su palo en la mano y, al bolver de una esquina, vio un hombre que él conocía muy bien, muy enamorado de sus manos, que hablava con unas damas que a una ventana estavan. Luego que columbró al pobre, empeçó a sacar el guante de suerte que, quando llegó a él, avía ya buen rato que la estava dando, muy adornadas de sortijas de diamantes. Pidióle limosna, y él sacó un real y se le dio. Vistas que fueron de Periquín, y tan lindas, le dixo con voz enferma y cansada:

-Suplico a vuessa merced me haga la caridad cumplida y me ponga la mano sobre esta cabeça, que me ha quedado con mucho dolor de una herida que en ella he tenido, de que del todo no estoy sano; y no puede cosa tan linda dexar de tener grandes virtudes. Y dígame qué he de rezar mientras en ella me la tuviere puesta.

-¡Jesús, Jesús, qué linda cosa! -el galán dixo-. A fee de cavallero, que has andado tan bueno que te quiero dar quatro reales.

Parece ser que una de las damas se avía aficionado más a las sortijas que a las manos, y mostrando aver gustado de lo que Periquín le dixo, enfadada de que un hombre tuviesse tanto cuydado con ellas, le dixo:

-¡Sube acá arriba!

Él lo hizo. Preguntáronle su nombre, de dónde era y qué desgracia avía sido aquélla, y él dio respuesta a todo. La dama que con las manos del galán, si le hemos de dar su propio nombre, estava mal, le dixo que si fuera reyna le hiziera, por lo que le avía dicho, mercedes. Él respondió ser aquél cabe de apaleta, que qualquiera, por mal jugador que fuesse, le podía acertar:

-Sacó -dixo- una mano con un puño en metad del braço tan sin ajar y tan llena de sortijas que creý las sacava del aparador de algún platero.

-¡O, qué donoso moço! -respondió ella-. ¿Quieres estar en casa? Aquí convalecerás y te regalaremos.

A lo qual la enamorada compañera respondió: -¡Sí, por cierto! A un moço que sale del hospital entraremos en ella para que nos pegue algo.

Periquín dixo:

-Quedito, quedito, que si yo estuve en él, vine por esso sano, mas vuessa merced de dolencia padece que será milagro si della escapa, o sino vea lo que va de tener enfermo el cuerpo a estar enferma la razón. Dígolo, enójese o no se enoje, porque quien haze cara a este galán de alfeñique tiene contra sí la presunción de que hará cosas que procedan de tan buen gusto como la presente.

La otra, que favorable se mostró a Periquín, se bañava en agua rosada, y se enfadava ésta.

Él dixo:

-Sea Dios con vuessas mercedes, que es hora de comer y me voy a mi posada, que no soy pobre criminal ni executivo. Demás de que, llevo de aquí cinco reales.

-Y otros cinco que te daré yo -dixo su apassionada.

A esto tenía ya la mano en la faldriquera para sacar una bolsilla en que guadarlos. Tras ella salió un papelillo que la dama hizo alçar del suelo diziendo:

-¿Son versos, Pedro? ¡Que te tengo por persona de buen gusto!

Él respondió:

-¡Para versos está el tiempo! ¡Démelo acá y leérselo he!-; y antes de empeçar, la dixo:

-Sepa vuessa merced que yo anduve ciertos días en compañía del hermano Francisco y que todas las mañanas nos juntávamos en un salón, donde dávamos gracias a un crucifixo, que en él avía, por las mercedes recebidas de que nos sacó de las tinieblas de la noche y por otros beneficios. Yva diziendo el hermano y repitiendo nosotros: halléme un día con pluma y tinta, y quise escrivir lo que nos enseñava.

Empeçó Pedro a leer y, a la postre de lo escrito, dezía entre otras cosas: «Gracias te doy, Señor, porque no me hiziste texa, ni piedra, ni árbol; gracias te doy, porque no me hiziste duque, marqués, ni conde.»

-¡Ten, ten, Pedro! -dixo la que dél gustava-. Pues, ¿qué tiene que ver dar gracias a nuestro Señor porque no te hizo piedra con dárselas porque no te hizo persona de momento?

Él respondió:

-Ha preguntado vuessa merced como pudiera un letrado, y digo ansí: el hermano no dixo «gracias te doy por lo de no ser conde», sino «porque no me hiziste piedra»; mas yo lo he puesto, pareciéndome que está bien entre essas cosas que no sienten cómo o por qué. Ha de saber que como dicho tengo que no soy pobre que quiero hazer oficio el pedir, y que antes lo dexo en teniendo lo que para aquel día he menester. Oygo un sermón quando puedo entrar, y si ay una buena comedia también voy a oýrla. Supe que los días atrás predicava un famoso: púseme debaxo del púlpito, que es aquél el lugar de los pobres, y oí un alto sermón. Ofreciósele tratar del bien. ¡O, quánto me holgara de acordarme del autor que allí citó! Sólo me acuerdo que tirava su nombre a tuerto. Éste, dixo, dezía que todo bien o nace con nosotros, o nos le enseñan, o por fuerça de justicia hazen le aprendamos. Buelve luego y dize: «No nace, porque la simiente no llevava valor por aver ydo sin él la de su padre, ansí que ya no nace el bien con nosotros.» No lo huve oýdo quando, saliendo de allí, puse en mi papel lo que vuessa merced me preguntó por qué razón lo tenía; porque, si generalmente la materia de que nuestro padre nos haze va sin substancia para que nazca un hijo virtuoso, ¿la del señor cómo yrá? Luego, gracias a Dios por ello, que un hombre que nace pobre, medio enseñada la caridad nace, y si después se vee en lugar alto, se duele del necessitado, porque sabe que cosa es. ¿Quiere que le diga lo que siento? Yo no he oýdo en mi vida dezir: san Duque, san Conde, ni san Marqués, y he oýdo san Francisco pobre, san Diego pobre y san Buenaventura más pobre que éstos. ¡Y si fueron ricos y lo dexaron, más a mi propósito haze! Ansí que de aquí sabréys porque puse lo uno entre lo otro, y, con tanto, nuestro Señor, etc.

En fin, que Pedro llevó diez reales de aquella casa; y al cabo de algunos días, enfadado de la mendiguez, se fue a convalecer a un lugar ocho leguas de allí, de donde bolvió a Madrid bueno y gordo, y donde quiso acabar de enseñarse la latinidad. Para lo qual assentó con un abogado, cuyos negocios si corrieran parejas con lo que tenía en que entender con los celos que dél su muger tenía, fuera uno de los letrados de mayor opinión, tanto por esto, quanto porque, [si] su casa era falta de algunas cosas, sobravan pesadumbres en ella. A la primera vista que Pedro dio en Palacio fue conocido de unos pleyteantes de Segovia, y le llamaron Periquín. Oyólo su amo y dixo en casa el nombre, y huvo entretenimiento con él sin que por ello se corriesse. Su ama le quería bien porque, las horas que su amo gastava en el estudio, las contava mil donayres, con que entretenía a ella y a las criadas de casa.

Parece ser que, luego que entró en ella, dixo su razón a una donzella de lavor por aver entendido que no pisava derecho. Nació de no admitir su ruego pudiéndolo hazer a poca costa, que como su ama le llamasse para que como solía las entretuviesse, contarla debaxo de capa de tercera persona la mucha virtud de la donzella, como antes se lo avía prometido; y, poniéndolo por execución, dixo ansí:

-Avrá de saber vuessa merced que, en una casa principal donde unos meses serví, huvo una donzella muy parecida a Juana, que presente está (a quien el vellaco de Periquín endereçava el cuento). Esta tal donzella de labor estava muy opilada sin aver comido barro ni yesso. Luego que yo conocí el buen estado de la señora, la pedí me hiziesse favor y merced, pues la costava poco y yo quedava con mucha obligación, echándome a su salvo una S y un clavo, y que ella quedaría tan libre que pudiesse hazer lo que fuesse su gusto. Echóme unos ojos como Juana me los echa aora, llamándome atrevido, pícaro y otras cosas de mayor quantía. Dexéme tomar de la irascible, y poniendo el sombrero a lo de pesadumbre, la dixe: «Hijo soy de Pedro de la Oliva y de María de Oceta, gente de bien. Juro a Dios, yo he pedido como hombre cortés y de delgados humores: bastara echarme un no en las barvas, sin dezirme otras libertades. Pero yo me vengaré y no se me da un quarto, vengan enxambres de pages que, teniendo yo la razón de mi parte, ella me ayudará.» No quité ni puse, sino voyme a mi ama y, estando de la manera que vuessa merced está y Juana en su presencia, la dixe: «Señora, yo soy hombre de bien y tengo una fidelidad eroyca. Juana dexa abierta todas o las más noches la ventana que en su aposento tiene, por donde entra tanto ayre que la ha hinchado de la suerte que vuessa merced ve.»

Y llegóse Pedro y señaló la barriga de Juana, la qual, en bolviendo su ama los ojos a otra parte, ponía las manos haziéndole con los suyos una lamentación; y lo vio más de una su señora, aunque no quiso darlo entonces a entender. Dezía: «No ay llorarme ni ponerme las manos en bolviendo mi señora la cabeça, que no se me ha de quedar nada por dezir.»

-Esto todo -dixo Pedro- dezía yo a la otra mi señora.

La que presente estuvo le dixo:

-Has contado un cuento de suerte que estoy por preguntar si estás borracho.

Él respondió:

-No, señora, mas de aquí a un breve espacio de tiempo no será menester preguntármelo.

-Y bien, ¿en qué paró?

-En que los cogió mi señora y le hizo se casasse con ella, aunque no quiso, por redimir la vexación de yr a galeras.

-¿Y a ti no te sucedió nada?

-¡O, pesia tal! -respondió-. Cogiéronme entre él y un amigo suyo y aporreáronme muy bien, mas no se la pagué mejor a el otro, que él me la pagó a mí.

-Y bien, ¿qué le hiziste?

-¿Qué? ¡Que se casasse!

-¿No digo yo que estás borracho? Ésse fue el pecado que pagaste quando los dos te cogieron. A este averte sacudido ¿qué fue la satisfación hazerle casar? ¡Tira de aý, borracho!

-No muy borracho, que si lo que digo hize, adelantado me vengué, porque para mí bastóme saber que hazía cosa que después avía de pagar; y bien digo en la respuesta que siempre doy, si también conocí del hecho que ninguna satisfación suya echava el pie adelante a la vengança adelantada mía.

Digo, Pedro, que lo respondes tú mejor que te lo pregunto yo.

Parece ser que Periquín avía dicho todo esto de picado de Juana la donzella, la qual, aunque temerosa, entonces no quiso persuadirse a que concibió mal su señora: pudiera, en verdad, y escusara lo que después le aconteció, porque, levantándose de allí a dos noches y haziendo lo que Periquín dixo, los cogió sin poderse escapar. Ella se llevó una muy gentil buelta de palos y él fue a la cárcel, de donde salió para entrar en otra mayor.

Ya Pedro tenía un enemigo o dos enemigos, tan grandes como gente que tiene tan poco que perder. El ama no estava muy corriente con él, porque, hallando verdad lo uno, creyó serlo también lo otro y que perdió el respecto a su casa solicitando su donzella. Llegóse a esto, que, riñendo una noche sus dueños, diziendo a su marido que la tenía acabada, dixo Pedro:

-¡Pues, es, mi señor, el tiempo!

¡Nunca tal huviera dicho!, porque, después de tirarle los chapines, dixo que el criado o ella en casa; a quien, por lo mucho que él devía, rogó no se fuesse, procurando desenojarle, de donde nació meterse ella más en cólera. Al fin, se puso silencio en la riña y se fueron a cenar, quedando el señor muy amigo del siervo y la señora muy enemiga, porque, aunque por entonces se desenojó, no es cosa que tiene perdón en mugeres ofensa tocante a la edad.

Hallóse no sé con qué dinerillos y hizo un ferreruelo y sotanilla y dio consigo en Ciudad Real, donde assentó con una señora viuda para llevar sus hijos al estudio y repassarles las liciones. Y al cabo de algunos meses, que se vio con dos o tres vestidos y algunos dineros, puso los ojos en la hija del boticario del lugar, que era moça y hermosa y tenía no mal dote. Ganada, pues, la voluntad a la criada, negoció con ella diesse un papel a su señora. Ella lo hizo como se lo avía pedido, y luego que doña Francisca leyó lo del casamiento, quisiera yrse con la criada sin reparar en la calidad y cantidad del pretendiente, que en semejantes negocios de donzellas para este efecto el primero que acomete vence.

Y es cosa donosa oýrlas, antes, hablar del que ha de ser su marido, porque dizen que no tiene que cansarse el que no fuere Guzmán o Mendoça, y aún que ha de tener hábito y ha de ser de Santiago; y caen después con un page, hijo de algún sastre o de otro oficio mecánico, y no es lo peor esto, quiçá baxamente nacido. Luego tiene el diablo la culpa, y cuenta a sus amigas cómo un don Fabianico, hecho un pino de oro, la solicitava y pedía sin un quarto, tanto que dixo muchas vezes que aun la camisa no avía de llevar de en casa de sus padres: «¿Qué os diré yo, amigas mías? -repite con lágrimas-. Con la esquivez que traté aquel cavallero, nunca me vio a la ventana. Si salía de casa y le hallava en la calle, me bolvía a entrar dentro; si yva a la iglesia, me echava el manto hasta la cintura; si me traían papel suyo, le rasgava y despedía a la criada porque le recibió.» «Pues, ¡quiçá era quienquiera!» «Pues, hago os saber que tenía deudo con los mayores señores de España.» Y si alguna de las circunstantes replicava en cómo perseveró tanto en despreciarle y no bolvió sobre sí siquiera por lo bien que la estava, respondía que quando quiso no huyo lugar, porque, de desesperado, se hizo religioso de la orden descalça de san Francisco, y que ella se quiso entrar monja, sino que por ciertos dolores de estómago mudó de intento: como si para esta dolencia no fuera mejor estado el que dio de mano y huviera entonces amantes a lo divino como los de Teruel a lo humano.

Es el caso que todo esto es mentira, y verdad que el primero que la passeó fue su dueño, y que lo dize ansí a las circunstantes para disculpar una ropa de vayeta forrada en tafetán y una vasquiña y jubón de gorguerán, tan limitadamente guarnecida que parece vasquiña de imagen de aldea, lo qual vive por el puntual sufragio del doblado como los dolientes por el de los regalos. A cuya gala de las fiestas acompañan unos chapines con unas virillas de estaño, tan anchas que, si alguna lechuza las viera, cerrara con ellas teniéndolas por azeyteras, con cantidad de cintas, ansí en los braçaletes como en los guantes, apretador y gargantilla: tantas que parece entre atambor y muger. De que su marido está no poco sentido, diziendo que en ellas le consume quanto adquiere y por tenerla pobre para comprarlas; supuesto que ha de ayudarle a sustentar la casa no levanta los ojos de la almohadilla y se quexa de que se le abren las caderas, y es verdad.

Al fin, respondió le dixesse, por lo que a ella tocava, que podía pedirla a su padre, que desde luego dava el sí. Sabida, pues, esta respuesta, se informó, de quien se la traxo, de las cosas de en casa de su amo y halló que, ansí las de poco como de mucho momento, passavan por mano del mancebo; por cuya causa se hizo muy su amigo, regalándole y trayéndole a su lado todo el tiempo que desocupado le podía aver. Junto con esto hizo otra diligencia, que fue a hablar a su señora para que le favoreciesse. Ella lo hizo, y embiando por él, le dixo cómo tenía en casa un hombre muy de bien y muy bien nacido, a quien ella quería mucho por sus muchas partes y gran virtud, que le parecía era a propósito para su yerno, que se mirasse en ello y la respondiesse; y él se despidió prometiendo la brevedad.

Quando Pedro de la Oliva vino de fuera, cuydadoso de saber si su señora avía llamado a quien prometió, le dixo lo avía hecho. Se echó a sus pies, agradeciéndole el favor y cuydado. Ella estimó en mucho la humildad y dixo que de allí adelante corría por su cuenta cuydar de su augmento, que la parecía informasse a un deudo suyo, que su casa habitava, de la calidad de su persona, linage y patria, para que él más de espacio informasse al boticario.

Hízolo ansí, y, en realidad, de verdad le dixo dónde nació y cómo fue hijo de Pedro de la Oliva y de María de Oceta, que escriviessen a Segovia y sabrían si avía mentido en algo. Lo qual escusó el letrado que en Madrid fue su dueño, porque, como en aquella ciudad pocos días antes huviesse sucedido una muerte entre gente principal cuyos parientes del difunto pedían juez en el Consejo, acertó a llevar la comissión el letrado con quien en Madrid estuvo.

Vino a ella, y hallando a Pedro en la plaça con su suegro y otra mucha gente, se llegó y le dixo:

-¿Periquín por estas tierras? ¡Válgate Dios, qué hombre estás!

Él dissimuló, mas, con todo, no quisiera aver nacido, aunque respondió, riéndose y sin turbarse ni colorear:

-Muchos dizen me parezco a esse hombre.

El letrado se rio y dixo:

-Bueno, bueno está, Pedro, ¿ya no conoces a tu amo?

Él dixo:

-Harto mejor está vuessa merced teniéndome por otro.

Con esto se deshizo el corro, y le embió el boticario a comer a su casa, que no solía, donde fue tan melancólico como el que vio quebrados los ojos al buen sucesso de una muger rica, moça y hermosa.

Luego cayó en lo que su suegra no lo hizo, que fue yr en casa del juez a informarse, encargándole la conciencia, porque quería casar con él una sola hija que tenía. Él le dixo cómo avía sido su criado y que le recibió un moçuelo, con quien jugavan y tenían passatiempo, deshaziéndole todo lo que pudo: lo qual de suerte dessazonó al boticario que puso en olvido el negocio. Por cuya causa determinó bolallas de allí corrido y dando al diablo al letrado y a quien le traxo, mas no vengarse, porque, como el tan entendido, consideró que no le estava bien, pues por aquel camino lo apartó Dios, aunque lo sintió mucho. Y esso ha de aver en los trabajos que a faltar él no lo serían, mas procurar con prudencia templarle, y puestos los ojos en su pobre si no mal nacido nacimiento, causa principal de que sus fortunas se abochornassen, recogió los sentidos para las obsequias de la perdida ocasión.

-¿Qué culpa tuve -dixo- yo en nacer de padres tan humildes? ¿Pude hazer que aquello no fuesse? ¡Desgraciado, desafortunado salí al mundo! ¿Qué linage ay en él donde un Pariente no esté en lugar alto? ¿Quál estudio? ¿Quál fue a las Indias y, gozando de prosperidad, es lo que quiere? Navega con próspero viento, la fortuna le obedece; arrimado a uno destos nada se haze mal, aunque lo demás sea baxo, como es el oficio de los padres. Lleváronme mis desdichas al hospital: ¿fue por ventura entonces quando entró en él? No, que nacer de mis padres, morírseme dexándome tan niño, solo y sin hazienda ya me tenían dentro, que del sucesso de la caýda no nació más que yrme a curar a mi posada: triste cosa tenerla por propia y mucho más triste no tenerla, que ya yo sé de hombre tan desafortunado que aun en él no cabe por aver muchos dentro. Letrado que tanto mal me hiziste, si no mal letrado, descortés letrado, pues, sabiendo que te han dicho las leyes que lo que a ti no te está mal y a otros está bien que no se lo deves negar, ¿por qué lo entregaste al olvido, y si no lo olvidaste, por qué no lo pusiste por execución? Quitásteme en un instante muger, honra, gusto y hazienda: paga legítima a las obligaciones que me tienes. ¿Quántos días sustenté tu casa? ¿Quántas vezes reñí tus pendencias? Por ventura ¿fuy yo causa de que se murmurassen las miserias della ni tuyas? ¿Puédeseme negar que, ansí como dixo cierto ingenioso, en unos gallos en Salamanca, a otro que, al passo que tú eres necessitado, él miserable era, que si algún criado tuyo tomara ábito en religión que no le admitieran en ella por yr de otra más estrecha que era tu casa a común engaño? Respóndeme, te ruego, ¿no me conociste antes Periquín que los beneficios te hiziesse? Pues, ¿cómo echaste mano de lo peor estando más lexos? Dixe que a ti no te estava mal y a mí me estava bien, pues a ti también te importava, porque, quando dixeras fuy tu criado, te honravas con un hombre de mi talle y bien puesto: tratásteme como si yo huviera esperado en ti.

Puesto fin a este discurso, entregó su cofre al ordinario de Salamanca, adonde fue a estudiar leyes. Llegó a aquella universidad, recibiéndole todos de buena gana y haziéndose su amigo, porque acomodava pendencias y era causa de que a otros no se les hiziessen molestias. Luego, aunque nuevo, presidió en muchos corros, dio en músico y casi se salió con ello, y no fue de los peores estudiantes, ansí en su facultad como curioso en las letras humanas. Hazíase querer de todos y no se enojó porque con él se burlassen. Arrimarse a la hoja fue polilla de la primavera que en él reverdecía, que al que desgraciado ha de ser los infortunios se van haziendo del ojo, que, aunque no nació en martes, todos los días lo son para el que suerte no tiene. No diré dél que anduvo entre la cruz y el agua bendita, frasis por donde se significa tropeçar a menudo hasta caer en el hoyo, porque anduvo entre los pies de la mula o de dos machos: hizo el gallego la presa y tuvo él de Vizcaya la pinta.

Pararon todas estas desdichas en hallarse, por defensa de un amigo, cómplice en una muerte, cuyo infortunio le forçó a poner en cobro su hatillo y salir de la ciudad un mes después de como le sucedió; en el qual se contava quarto año de sus estudios.

-¡Al letrado -bolvió a repetir-, ¡si supiesses quánta parte tienes en esta desventura!

Esto dixo puestos los pies en los humbrales de la puerta de la ciudad, contento con yr donde su suerte le quisiesse llevar, sin determinación suya a lugar señalado.

Paró en Orense, uno de los de Galicia, donde llegó con algunos dineros. Púsose su manteo y sotana, y ganó la voluntad a muchas de las personas de aquel lugar, siendo dellos recíprocamente querido, que naturalmente se le inclinaron, porque su agrado lo mereció y sus partes no lo desmerecían. Reía con el alegre, llorava con el triste, jugava con el taur, seguía la inclinación al que se yva tras Marte: era finalmente camaleón que tomaría la color del paño que le ponían.

Mas el diablo, que poco sossiega y tanto a este pobre moço persigue, le pone en la cabeça que haga un libro y éntrale por el camino de la virtud, cargándole la mano en lo mal que parecía ocioso y como los que se mostravan sus amigos serían los primeros que lo murmurassen, y que, viéndole ocupado, pondrían silencio en su vida; fuera desso, que ganaría honra y opinión, y le podría ser de algún interés. Parecióle bien al pobre Pedro, y no fue más que engarçar otra desgracia en el hilo que estavan las demás. En fin, se recogió a hazerle, cuyo título, aunque no le acabó por la causa que adelante se dirá, es éste:

CAPÍTULO I

DEL PERRO

Perro es un animal que tiene quatro pies, dos ojos, dos orejas y detrás un nervio lanudo que se llama cola. Hase de advertir que no todos son perros, que ay también perras entre ellos. En este género de animales ay muchos perros, porque ay galgos, lebreles, alanos, bracos, perdigueros, mastines, perros de falda que entretienen las damas, podencos y sabuessos. No sé qué intento tuviesse naturaleza para criar un género de los demás animales y criar sólo tantos déste, porque si diéssemos, como es sin duda, que son diferentes muchos animales de los de España con los de otras partes, diferéncianse sólo en mayores, más mostruosos, más espantables, o en mayor hermosura, como se prueva en las gallinas de las Indias; mas en qualquier parte no ay más de un género de gallinas, sea como aquí o sea como allí, y de perros ay el que hemos dicho y todos conocemos.

Destos animales, unos nacen con inclinación a la caça por el agua, otros por la tierra, otros a reñir pendencias, no huyendo el rostro a uno o a muchos aceros; otros boltean haziendo salva al vino puro, torziendo el rostro al aguado; otros, con su buen talle y cara, deleytan a sus dueños y viven de aposento en las faldas de sus amas.

Es el perro naturalmente agradecido y amigo del hombre, lo qual procede de tener mucha memoria. Y con ser tan buena su inclinación, ay perros que en todo el día entienden en otra cosa que hazer mal no sea: esto, se entiende, a otros perros, como sean pobres o forasteros. Que si pobres son, no lo son poco; y por ellos se devió dezir «El peregrino en su patria», lo qual más agrava la mala inclinación, a que es causa gozar mucha ociosidad con satisfación de comida. ¡Ricos ellos y necessitados los otros!

Están tendidos en essas calles, particularmente en las convezinas a las carnicerías o rastros, entre alanos y mastines, que, en viendo a otro perro que se llega adonde ellos tienen su pasto, aunque no le coman, le hazen pedaços. Huye este pobre perro hasta entrarse en una casa y pónese detrás de la puerta. Allí le dexan, mas otros perrillos, que son valientes a sombra destos, sus criados que digamos, no quieren que aya pobre en casa, que, aunque ay tanto que comer en ella, más quieren que se pierda que no que lo coma otro: dan en ladrar a este retraýdo perro, que, aunque no ofende a nadie y por esta causa no tiene para qué temer, es pobre que basta, y tanto le ladra y tanto le aflige que le echa de casa.

Haze el pobre perro con los ojos a sus pies una plática, manifestándoles el peligro presente si al viento no imitassen; mas júntanse una manada de perrillos que convocan los grandes, salen y alcánçanle, porque, quando le yerren unos, le darán mate otros, que, como ay por allí qué comer, están repartidos de manera que, por qualquier parte aya soldados, acósanle: mira por todas partes, velo todo cerrado, tiéndese en el suelo.

¡Válaos la mala ventura por perros! Ya no quiere comer: ¡dexalde yr en paz! ¿Es possible que le ayáys de castigar porque quiso comer, como si huviera comido? Retíranse quando ven que ha tiempo que está en el suelo, mas los perrillos ni por pienso le dexan, hasta que le echan de la calle, de donde se buelven luego, porque si della saliessen, como quiera que el perro tenga mucha memoria y los ofendidos sean tantos, por qualquier parte hallarían enemigos. Mala inclinación de perros, pero no la peor comparada con la de otros animales, pues por lo menos dexan el caýdo: que aya otros que a éstos hagan ventajas nos lo mostrará el capítulo procedente.

CAPÍTULO II

DE LOS LOBOS

Lobo es un animal como un perro destos feos que andan por las calles, casi de su tamaño, aunque ay algunos como borriquillos. Tiene también los quatro pies y lo restante que del perro diximos. Y no son todos lobos, que ay lobas entre ellos. Es su abitación en el campo, donde se apacienta el ganado, y pocas vezes se hallarán dos o tres solos, antes una manada dellos.

Y acercándome a su inclinación, digo que, quando tienen necessidad de comer, hazen un corro en el qual andan alrededor, y si alguno cae, luego que le ven en tierra, en vez de levantarle, dan en él y, despedaçándole, se le comen. O malos animales, ¿quién cayó? El más flaco, el más enfermo y el que menos fuerça tuvo. Pues, esso claro estava, avía de caer el robusto, el que se puede estar tiempo sin comer, si a costa de dos libras menos de carne ¿qué importan donde ay tantas? Pues, ¿por qué le tratáys mal? ¿Este lobo no fue vuestro compañero? ¿No anduvistes juntos en una misma caça? Ha sido trato doble hazer la rueda, pues era fuerça caer él. No avéys tenido razón. ¿Qué respondéys a esto, lobos?

Por ellos respondo yo que o son lobos o no. Si lo son, es fuerça ser comedores, y siéndolo, que de su demasía se esperava comerse uno dellos quando en otra parte faltasse qué.

¿Y destos mismos animales quáles son peores, ellos o ellas? Ellos sé yo que huyen de la espada, y por lo menos ya ay con qué defenderse el passajero; pero ellas negocian quedándose en sus cuevas, no se ponen en peligro que les fuerce a esso y, a vezes, suelen tener más caga que la que ellos traxeron. ¡Válgaos el diablo, lobas avían de ser ellas! No me espantara si fueran çorras. Vengo a pensar que çorras y lobas, leones y ovejas es una misma cosa. Como todos tiren a un mismo fin, concedo; pero no matarían sólo aquello que han de comer. ¡Buena va la cuenta! Las langostas comen una espiga y destruyen treynta.

Aora, en fin, ya sabemos algo cerca destos lobos y de sus hembras. Las lobitas, hijas destos lobos que se van y de las lobas que se quedan, ¿de qué comen? ¿Esso ha de dudar? De andarse tras sus madres. Y otros lobos que no anduvieron con éstos y están gruessos ¿de dónde lo han sacado? O ¿quién se lo dio? El oso sabemos come el humor de sus manos; a ésse no ay que pedirle razón. Pero tú, lobo, que no trabajas y comes, ¿de dónde te viene? De derecho te toca casarte con alguna destas lobas, porque a lobo que no trabaja le está a propósito loba que se anda tras su madre. ¡Malos animales! ¿No se podría hazer de suerte que no los huviesse? Pues, ¿cómo pueden faltar lobos? No puede esso ser.

Quien no sabe su fábula, por si acaso. Dessollavan unos pastores una oveja y advertía uno dellos no perdiessen la piel, porque llevándosela al amo no les parasse perjuyzio en el salario, porque lo hizo el lobo. Estavan a la puerta una manada dellos y dixo uno:

-Si esso hiziéramos nosotros, he aquí lobos pastores, quando aquéllos faltassen, supuesto que avría siempre animales a quien echar las cabras.

Con todo, si me preguntassen qué remedio, daría éste: ¿no huyen ellos de la espada? ¿No se quedan ellas y sus hijas en las cuevas? Pues, aguardar que estén juntos y venir con el fuego, que si escapare alguno, como lleve quemadas las manos, importara poco.

CAPÍTULO III

DE LA COMADREJA

Comadreja es un animal como ardilla o urón. Dízese della que tiene una propiedad terrible, que es concebir por el oýdo y parir por la boca: no sé yo aya otro animal en el mundo que tal parto tenga. De la vívora se dize que concibe por la boca; si no pare por ella, es porque la ferozidad de los vivoreznos no aguarda a salir uno tras otro y hazen en el vientre de su madre por donde salir todos juntos: fuera de que, paga el aver muerto a su padre vencida del demasiado deleyte. En fin, concibe este animal por el oýdo. ¿Quién duda sino que parirá más de lo que ha concebido? De estos partos los hermanos que juntos nacen son tan parecidos que se puede tener el uno por el otro, y todos los que de allí adelante nacieren lo serán como hijos concebidos por oýdo y que nacieron por la boca. Fuera de que, paren muy a menudo, que es el diablo aver concebido una vez.

Salen todos estos hijos con sus figuras, abiertos los ojos, sin ningún miembro menos. No se parece en esto al oso, que ha menester la madre lamelle para formarle las figuras y darle gritos para que despierte, como avisándole que está en el mundo; pero estos otros hijos de tal manera nacen que ya pueden ser padres. Parece que les llegó naturaleza el nombre a la propiedad del animal: concibe por el oýdo, pare por la boca, pues llámese comadreja.

Tiene, demás desto, otra propiedad, y es que está muy poco preñada. Harto bueno es esso, para parir dos de una vez, sobre parir muy a menudo, es fuerça que sea grande el número de tan dañosos animales. Y ay quien diga que machos y hembras todos conciben. De derecho les viene ser fiscales de la nobleza de los demás animales, oficio ni útil ni provechoso. No sé yo, a lo menos, que se pueda medrar cosa buena del estudio de linages agenos, propio exercicio deste animal. Pues, yo os asseguro, señora comadreja, que no falte quien estudie el vuestro, y quiçá será el mismo hijo que vos paristes, enfermedad que no tiene declinación, antes va en aumento.

Baxa cosa, y aun por serlo tanto, no se le puso nombre de varón sino de hembra, y désse la sisó algo, pues no dixo la comadre, antes la comadreja. Grande lástima es que aya comadrejas machos, terrible animal. ¿Qué remedio contra él? Ninguno, porque concibe y pare. ¿Y los demás no hazen esso? Sí, mas no por el oýdo y boca. Harto necessario era, porque los animales ponçoñosos pican, y el que más se adelanta en ella mata con la vista, mas por lo menos mata lo que ve; pero la comadreja lo que no ha visto y quiçá no verá en su vida, y lo puede matar estando mil o dos mil leguas dello.

Yo no sé por qué no avían de yr a caça de animales tan dañosos, que ésse solo es el remedio que ay, y, cogiéndolos, matarlos, que, quando todos no se cacen, será menos el daño no siendo el número. Mas una cuchillada el tiempo y el arte la curan, pero herida que deste parto nace siempre está corriendo sangre y pocas vezes se satisfaze como deve; y quando bien se satisfaga, ¿quién sabe si dexará de parir el que concibió? Tengo para mí que muy raras vezes, pues, mueran animales en quien la medicina no es cura: y díganos el capítulo siguiente la propiedad de unas parientes muy cercanas a éstos.

CAPÍTULO IV

DE LAS RANAS

La rana es un animal muy frío, tan pariente de la comadreja que se le parece aún hasta en no hazer mención del nombre del macho. Este tal animal es todo ojos y no tiene cabeça, y habita las lagunas o cenegales. Dízese della que se cubre del sapo, opinión que no la tengo por verdadera, mas basta para mi propósito que se diga propiedades no agenas del deudo del que antes diximos; y le viene bien al que concibe por oýdo y pare por boca, parienta sin cabeça que toda sea ojos. Es muy bueno que los tengáys para ver lo que otros hazen, y os falte cabeça para discurrir en quién vos seáys. No los ponéys en que es vuestro palacio el cieno, que os cubrís de los sapos y sóbranos para lo que no devieran. Pues, tened por sin duda para que en todo seáys una con vuestra parienta, que no faltará quien diga de vos, y es vuestra la culpa, porque si conociéssedes vuestro estado, el mal dueño a quien os sujetastes, y mucho peor quán contenta estáys con él, nadie cuydara dello, que quando una vasija está llena no se trabaja por echar algo encima, que ya se vee que no ay donde quepa: dexáysla vazía, llega otro y echa lo que falta.

Linda cosa es tener muchos ojos para ver motas en los agenos, y que os falten para conocer las vigas que en los vuestros están. Por ventura, ¿háseos olvidado que decendéys de unos villanos deshonestos y habladores? No tan sólo quisieron dar de bever a la diosa Latona, que sus dos hijos llevava a los pechos, sino que, para que perdiesse de todo punto la esperança, saltando en el lago, enturbiaron las aguas; con lo qual, aun no contentos, la dixeron palabras torpes, de que, enojada y ofendida la diosa, pidió a los dioses que en el lago en que aquellos villanos avían saltado siempre estuviessen. Oyéronla ellos y convirtiéronlos en ranas. Juráralo yo que de hombres villanos no se podía hazer otra cosa menos que convertirlos en ranas, animal con muchos ojos y sin cabeça, que todo el día nos enfada.

Pedro no era mal entendido ni menos ingenioso. Parecióle no passar adelante en dar parte al letrado del lugar, que más amigo que otros se le avía mostrado, para que, si el assumpto no le parecía a propósito, le desengañasse y él diesse de mano cosa de tanto enfado, en que se suele perder quando menos la reputación y ganar muy de en quando en quando. Llamóle para ello, y, después de averle propuesto las causas que a hazer el libro le movieron, se le empeçó a leer. El licenciado a callar, cuyas figuras señalavan ingenio. Mas no todas las vezes que el cielo promete agua llueve, porque, en acabando Pedro, dixo el abogado quién era y quán poco alcançava. Cuya censura es ésta:

-Si vos, señor Pedro de la Oliva, acabárades essos capítulos como empeçastes el primero y segundo, insigne libro hiziérades, porque está aquello de la difinición del perro, de la diferencia que entre ellos mismos ay, cosa superior y muy ingeniosa. Dixiste lindamente aquello de que, aunque sean diferentes muchos animales en España o en las Indias, aquí o allí de aquel género no ay más de uno: dispusísteslo lindamente. Fuera de esso, anduvistes agudo en advertir que ay hembras entre ellos. Pero metístesos luego en los perros bien o mal intencionados que muerden a otros que quieren comer; dixistes también que le procuran echar de la calle y convocan a otros. De los lobos y lobas dezís qué sé yo, que ni aun vos tampoco lo sabréys: echásteslo de tal manera a perder que, si a luz lo sacárades y parte no me diérades, huviera fiesta con vuestro libro y parara en qualque especiero o confitero.

-No tenéys vos la culpa -respondió Pedro- sino yo, que, para pediros parecer, os he llamado, pudiendo al teniente cura, que es bien entendido y estudiante. Engañóme esse rostro de hombre discreto y el callar tanto me tuvo con desseo de ver si érades mudo o no; y ansí os quiero desengañar que más os llamé para que hablássedes, que para la censura deste trabajo. En mis treze me estoy, licenciando hermano, que el que sabe habla y calla el ignorante. Linda cosa es hazer virtud lo que es propia necessidad. A la prudencia, de buena voluntad le doy; que no sea mucho, que ya ay quien diga que es como tocar una calabaça que suena a hueca, pero algo, quando ay ocasión, ¿por qué no? Saber, dize Oracio, no es nada si lo que tú sabes no sabe otro que lo sabes. ¿No se da muestra dello? Luego callar no es virtud, antes la pobreza que he dicho.

-Sabéys lo que dezís -dixo el consulto-. El teniente cura aún no sabe construyr una oración muy clara. Yo he sido abogado en la Corte.

-¿Vos?

-Yo.

-¿En qué tiempo?

-Avrá ocho años.

-Pues, en ésse estuve yo en Madrid con otro abogado deudo mio, mas no os conocí en él.

-¿Acudía esse letrado a los consejos?

-Sí.

-Pues, ¿cómo me avíades de conocer si acudía yo a la cárcel?

¿Y en fin abogastes?

-¡Y cómo que abogué!

-Pues, no me he de persuadir a ello si no veo os hazer un acto de abogado. Hazed cuenta que yo estoy preso por unos indicios de una cuchillada y que me salgo a visitar y vos soys mi letrado. ¿Qué dezís a esto?

-Suplico a vuessa señoría me oyga dos palabras. Pedro de la Oliva es hijo de muy buenos padres y él muy honrado por su persona. No ha estado preso otra vez en su vida y los indicios que aora ay no son de ningún momento, y essos hombres con quien dizen los testigos se acompañó para dar la cuchillada no es gente con quien él avía de andar, ni jamás cursó su lado, como consta de su descargo. Fuera desto, él no lo hará otra vez.

-¿Avéys dicho?

-Ya he dicho. ¿Qué os parece?

-Que no os acordáys de Bártulo ni de Baldo más que si no los huviera parido madre.

-No son menester aquí. ¡Qué sabéys vos!

-Sé, señor licenciado, que aquí ni allí no serán menester como vos seáis el que abogáredes, porque vuestra abogacía es como corte de mal sastre, que por un mismo patrón van muchos pares de calçones. Dezidme, os ruego, ya que yo me persuado a que abogastes donde dezís ¿qué os movió veniros de la Corte?

-Movióme venirme a mi tierra, adonde nací y adonde tengo un poco de hazienda, donde se vive de espacio y tiene el día las horas cavales y se sabe quando lo es de comer y quando de cenar.

-Avéys hablado de suerte que no parecéys, vos.

Hincháronsele las narizes al gallego abogado y, remitiendo a las manos hiziessen bien lo que la lengua diría mal, dio a Pedro en lo más levantado del rostro un moxicón, con su circunstancia o con su eco por darse otro en la pared. Respondió al brindis como buen tudesco, y aguardando ocasión de castigarle por donde avía pecado, le dio otro franco con dos circunstancias, la una abriéndoselas por medio, y la otra, dexándoselas en vida como a la amiga de Leandro. Le quedó el cuerpo en muerte.

No fue milagro que, donde unas narizes se perdían y otras no quedavan para menos, se perdiesse la voluntad de proseguir en el empeçado trabajo. Concertólo assí consigo, y para huyr el que tan de cerca le amenazava, temiendo la avenida de gallegos, se acogió a una vandera que al presente allí avía; donde le vino al pensamiento la consideración que pocos días antes hizo del camino de las armas y dél de las letras:

-Al uno -dixo- ya me entregué; no deve fortuna averme librado mi remedio en él. Quiero aora guiar por el de las armas: acaso será en éste.

Sentóse por soldado. Agradó la persona y buen talle al capitán, hízole favor, y dentro de pocos días oficial, y, antes de llegar a Italia, alférez, porque el que entonces lo era murió en el camino. Fue tal su agrado y tan liberal anduvo con todos que, contra su voluntad, le arrimaron un don. Entró con él en la ciudad de Palermo, cabeça del reyno de Sicilia, donde su capitán le dio a conocer a la gente más noble de aquella ciudad, informándolos de sus partes y mucha valentía, causa que quedasse amigo con ellos, y mucho más quando el valor de su persona confirmó lo que dél se les avía dicho. Por lo qual se llevó la voz de todo el lugar, y tan gran soldado fue que con su nombre espantavan los niños para que callassen.

Yvasele haziendo todo bien por los mismos passos que antes se le hizo todo mal. Cura de fuego fue aplicada a la llaga que no obedece la de navaja o tixera: para remediarla, el venirse a la guerra, pues por este camino se ennobleció el que por otros no pudo, poniendo fin a los malos sucessos que antes le seguían. Fue don Pedro valiente de todos quatro costados, porque entró por la puerta de vencerse a sí mismo, cosa tan dura, pero que se puede si se quiere. Las estrellas no fuerçan, sino inclinan: éstas venció como sabio.

Era suyo todo lo que quería y aun lo que no quería. Y tanto es esto verdad que fue solicitado de una señora de aquella ciudad, llamada doña Clementa, con las veras que en tiempo atrás él solicitó la hija del boticario. Mereciólo bien su talle, la agudeza de su ingenio y la excelencia de los dones naturales y adquisitos. Al fin, esta enamorada señora le llevó a su casa, donde, sin entrarle a don Pedro de la ropilla adentro, gozó de sus muchas partes, quedándose con el efeto que de semejantes juntas suele suceder, de donde se bolvió a la suya aún más libre que salió della, viviendo en esta tranquilidad algunos meses. Al cabo de los quales le hizieron capitán.

Acordávase a menudo de los amores de la hija del boticario, no más que para reýrse de ellos, de sí propio y de los demás enamorados del futuro y del presente tiempo. No le dava nada cuydado: vivía con paz en la guerra, porque se ganó a sí mismo. Cuya sossegada vida inquietó un soplón de los dioses que al de amor dio parte de hombre que burlava de su poder. Jurósela Cupido, y, poniéndose en los ojos de la hija de otro capitán, grande amigo de don Pedro, llamado don Melchor, le tiró un flechazo que si le dexó para hombre, fue para hombre en sentir más.

Cayó enfermo de muerte, porque se le quitó la gana de comer y, mucho peor, que a un mismo tiempo entraron amor y celos, sin que para ellos causa se le diesse: efecto propio de una valiente voluntad. Hiriéronle en sagrado y válele al agressor la iglesia, cosa, si contra derecho, no contra la nobleza de don Pedro, que quiere antes cegaran llorando que ser causa que quien adora reciba ningún pesar; llegando a pedir la limosna en parte tan pública secávale la perseverancia de una lenta calentura, porque nunca le salió a los labios.

Mas como los amores mal se pueden encubrir, se tomó licencia un soldado, grande apassionado suyo, para darle consejo, no diré en lo que no pedía, porque, en viéndole, se conocería lo contrario. Difícil era la enfermedad, y que procedía de amor, un suspirar continuo, un arrepentimiento tras él, el semblante como quien andava a cala de duelos, no aviendo precedido agravio haziéndosele todo bien. ¿Qué podía ser si no lo que fue?

Díxole:

-Señor capitán, vos tenéys amor o el amor os tiene a vos y, a mi parecer, tan atado que procede de la ligadura todo vuestro daño. Jamás se enojaron las mugeres porque se les diga las aman. Escrivilda un papel, sea quien fuere, que a cargo del diablo queda acordar veynte vezes lo que vos escriviéredes una.

-No es, por Dios, lo que avéys pensado -dixo don Pedro-, que, a serlo, os huviera dado parte y pedido consejo. Fuera de que, quando acertárades en ello, no hiziera nada el diablo en el negocio, porque no he de solicitar a muger que para propia no sea ella y lo que recibió fue para sí. Esta obligación y el perseverar en dezir a su dueño del capitán y como ya no se podía librar dél, la hizieron dar licencia para recebir el villete.

Parece ser que doña Clementa, como aquella que tanto amava a don Pedro y tanto desseava fuesse su marido y tanta acción tenía para ello por tener en sus entrañas conocidas prendas de su dueño, traía una o más espías con él para que lo que a todas horas hiziesse la dixessen. Supo muy bien los nuevos amores y con quien los tratava, y cómo dio a la donzella el papel dentro de un breve espacio de como en su poder le tuvo. Hiziera diligencia para cogérsele antes que a su señora le diera, a no impedírselo dos cosas: la una estar enterada no ser de ningún momento, porque él no fingió nada, antes claro dezía la verdad, y por aquel camino perderle mejor dándole causa para que se enojasse; la otra, sentirse con dolores de parto, que era ya tiempo, y no atreverse por ellos a salir de casa. Permitió gozasse su buena fortuna doña Leonor, la qual recibió el papel, que dezía ansí:

Papel del capitán don Pedro de la Oliva a doña Leonor

Señora doña Leonor, dizen los filósofos que el amor que a dos enlaza tiene principio de aver nacido debaxo de una misma estrella. Si es ansí, para que yo ame la de lo que amo me ha de incitar, aunque no aya mucho tiempo que amo. Pues mienten los filósofos, que a ser como dizen, vos os huviérades sugetado a la mía, porque, si una propia es, contra ella no hazíades si al dueño que señalava os entregávades. Si la filosofía lo concede, la experiencia lo contradize. Pruévase en lo que conmigo passa al cabo de nueve meses, estando en el mismo estado la dolencia que essos ojos me han causado. ¿Dónde se vio enfermedad sin principio, aumento ni declinación? Que sean mal quistos se conocerá en que he oýdo dezir a muchos «mal ayan sus ojos» y a ninguno «bien ayan». ¿Quién me metió con ellos? Que si su verdadero nombre les he de dar, diré enojos.

Los valientes, señora, no son traydores, y si como digo es, ¿si valientes para qué traydores y si traydores para qué valientes? Yo los considero de peor condición que la muerte, porque ella a nadie llevó de repente, que primero avisa; y mucho más poderosos que ella, pues al que una vez quita la vida no se la puede bolver otra. Mi amor, señora, es honesto, tal qual se puede entender de un hombre de mis partes y del respeto que a las vuestras se deve. Siendo esto ansí, desvíos lleven aquellos que el torpe pretenden, que el mío merecedor es del consentimiento para pretensor a marido.

Vos me responded, os suplico, que juro la demanda a ley de cavallero y soldado, y a Dios de embiaros tantas cabeças quantos renglones traxere el papel.

Tanto contento recibió doña Leonor con el papel que, a no guardar el tan devido respeto a su padre, diera luego la mano a don Pedro. La demanda fue tan justa, el demandador tan cortés que la obligó a responder a él, cuya respuesta es la que se sigue:

Papel de doña Leonor a don Pedro

Señor capitán, muy bueno es hazer combite a hija de soldado con cosa que tan bien le está a Su Magestad: esso es forçarme cortésmente. Vos soys tan cuerdo quanto gran soldado, y si fuere breve, será porque si bien quiero cumpláys lo que prometéys, no quiero meteros en mayor cuydado, que lo uno os será fácil y puede ser sea muy difícil lo otro. La promessa del noble es dinero de contado, y la dél que no lo es, aún cumplida, parece no lo está, sino es que prometa cosa que no pueda o que aya duda si satisfará a ella, o esté enamorado y entonces será noble, mas no será prudente. Yo, señor don Pedro, me he de casar con el gusto de mi padre; con su sí se negocia el mío, que esto devo a lo mucho que me ama, porque estoy satisfecha que no me dará dueño con quien viva sin él.

Esta respuesta y un recaudo de doña Clementa llegaron a un mismo punto, pidiéndole, con el encarecimiento que del amor della y de los desvíos dél se puede entender, se llegasse aquella sola vez a su casa. Hízolo él como quien ha ganado y da barato. Quan grande fue la ganancia del papel de doña Leonor se podrá entender en la cantidad del barato, que, para como don Pedro estava, para el desamor que mostró siempre, no fue pequeño yr adonde se le pedía. Entró en la desconsolada casa con el desabrimiento que las tres solas vezes acostumbró, a cuyo encuentro le vino una ama con un niño en los braços, diziéndole:

-¡Veys aquí, señor, vuestro hijo! ¡Ved a su madre que está en la cama!

Ni el niño tomó en los suyos, ni a la madre mostró mejor semblante. Estuvo allí cosa de un quarto de hora, de donde, luego que entró se huviera buelto a no tenerle ella de la capa. ¡Terrible rigor, desamor validíssimo, desengaño confirmado! Porque a quien un hijo no mueve, no dexa esperança para el futuro tiempo.

Quedó ella qual se puede entender de terribilidad tan conocida, y, bolviéndose él a su casa, halló en el camino a la donzella de doña Leonor, de quien supo cómo don Melchor era natural de Segovia y conocía a todos los vezinos della de muchos años a aquella parte y la causa por que se ausentó de su patria. Junto con esto le dixo:

-Hase hablado en casa muy largo de vuessa merced y todo se sabe.

Bien fue menester aprovecharse don Pedro de todo su valor para no morirse de repente, porque le passó por el pensamiento, y aun hizo assiento en él, si don Melchor avía hablado en quién fuesse y cómo en lugar tan corto conoció a su padre, y quando esto no, si avía venido a Sicilia quien lo dixesse, que, aunque no era mal nacido, temió no huviesse dicho algún enemigo encubierto que sí: negocio difícil de averiguar por la larga distancia de aquel lugar al suyo, donde se avía de hazer la información. Fuera de que, el día que se dudó, en ello murió su pretensión, aunque lo contrario se conociesse, por ser ellos tan principales, cosa en que semejantes señores no dispensan; o si don Melchor avía reparado en el no aventajado exercicio de su padre, que, si no infama, desdora por lo menos: y si a esto se oponía ser él capitán, y tan valeroso, podíase responder a ello que no faltavan en la ciudad hombres beneméritos de doña Leonor. Creyólo ansí, y aunque el averle respondido le dio una sofrenada a lo contrario, tuvo por sin duda que fue después de averle escrito.

¡Passad esse agraçón agora, señor don Pedro, por los que en otra parte soys causa se passen por vos! Yo no os motejo de necio, mas de descortés sí. ¿Quién no se deleyta con un hijo? Holgaos en buena hora con él y hazed vuestro negocio por otra parte, que vos no hazéys contra las leyes de hombre de bien en no casaros con esa señora, porque no la prometistes hazerlo, que si todas las vezes que a un hombre le suceden semejantes encuentros se huviesse de casar, caros encuentros serían.

Al fin don Pedro pensó que se sabía quién era, y si pensar no es saber, esso se entiende quando se piensa buen sucesso o mejor fortuna, que, quando lo contrario, pensar saber es. Acordáronsele entonces los infortunios padecidos y tuvo por sin duda querer la fortuna bolverlos a repassar y que empeçava por allí. Unas vezes se quexava della y otras de su poca prudencia en emprender cosa tan difícil y en que era fuerça salir a luz quién él era. No le alentó nada el favor tan al descuydo diziendo «bien quiero», que, aunque conoció de la respuesta voluntad en ella si en el padre no faltasse, determinó no passar adelante en la desavisada pretensión.

El padre de doña Leonor desseava mucho casarla, y mucho más con don Pedro. No le acovardava más que no saber quién fuesse este hombre, que, si por el valor se huviera de guiar, yerno aventajadíssimo tuviera; mas ya se han visto hombres baxos valerosos. Él tenía tres mil ducados de renta y la virtud de su hija treinta mil, y no otro heredero ni esperança de tenerle, porque no se quería casar. Desseava un yerno hombre en los años y muy hombre en las costumbres, y hallávalo todo en don Pedro, si luz de quien fuesse conociera.

¿No dixe que caminava ya con próspero viento y que la fortuna era otra? Pues, sucedió que dentro de solos dos días (que ha de ser ansí para que sea fortuna: buena y presto) combidó cierto cavallero vezino de aquella ciudad todos los capitanes que en ella avía: entre los quales se halló el capitán don Lorenço Hurtado de la Oliva, cavallero principalíssimo, que el día antes avía venido a ella, muy informado de las partes de don Pedro, el qual estava con la melancolía que de su entendimiento se puede entender. Quando don Lorenço dixo:

-¡Brindis a todos, vuessas mercedes, a la alegría que a mi pariente don Pedro de la Oliva le falta y todos le desseamos! -algún tanto mostró mejor semblante don Pedro, y mucho se holgó el padre de doña Leonor, porque le passó por el pensamiento si era su deudo, y al melancólico enamorado poner por execución por donde la muerta esperança bolviesse a resucitar.

Acabada, pues, que fue la comida, se llegó a don Lorenço y le dio parte del estado de sus negocios, y como, si se dilatassen en embiar a España a saber quién fuesse, no se prometía tan buena fortuna que en el interín no mudasse su dama de intento o alguna cosa se pusiesse de por medio que lo estorvasse, que, aunque doña Leonor era muy cuerda, al fin era muger. Fuera de que, él estava convaleciente de ciertas enfermedades de poca fortuna, que tenía por cierto le acabaría bolver a enfermar el no salir con su pretensión; que sería para ello válido atajo dezir de veras lo que avía dicho de burlas, que le dava su fee que en ello no aventurava su reputación, porque...

-Teneos, señor capitán, que yo soy el que gano en esso, y, si en mi mano está, daldo por acabado.

Menester fue no se descuydara don Pedro, porque el padre de doña Leonor desseava le dexasse para llegar él a hazer información en cosa que tanto desseava hallarla buena. Y diole lugar un festín que entre ellos se traçó, y, mientras don Pedro dançava, supo muy de raýz todo lo que quiso, de que quedó en estremo contento y determinado de hazerle su yerno, aunque no se lo dixo. Fue ésta una muy gran diligencia, porque don Lorenço era tan rezién venido como sabemos, causa de que no se hablasse en cómo, si era su pariente, no se avía sabido.

Viendo doña Clementa quan adelante yva la pretensión de don Pedro y que en casa tan calificada no podía ser menos que para casarse, hizo se armassen sus criados y, cogiendo ella el niño en los braços, le aguardó a la puerta de la suya y le dixo:

-Señor capitán, éste es mi hijo, que no vuestro. Si ciega de amor hize lo que de una muger de mis partes jamás se esperó, no supe entonces quién érades. Gracias a Dios que ha venido a la ciudad quien lo sabe bien. Si yo fuy necia y sin consideración, despicarme ha, os prometo, no consentir que engañéis a otra, porque en esta ciudad no os avéis de casar. ¡Bueno es ausentaros de vuestra patria para engañar mugeres nobles en la agena!

Don Pedro respondió:

-Señora, ¿quándo os prometí ser vuestro marido? ¿De quién os quexáys o por qué os quexáys?

Ella no respondió cosa alguna, antes, cogiendo el camino para su casa, desesperada, llena de amor y abrasándola los celos, se fue para ella. De cuya resolución confirmó don Pedro de todo punto que se sabía en el lugar su humilde nacimiento y la ocupación de su padre; y si esto no hazía el caso entre personas cuerdas, tanto por no ser mal nacido quanto porque al presente era capitán, esso es como antes queda dicho quando falten hombres a quien acompañe.

Esso y essotro sintió muchíssimo, aver empeñado a un cavallero tan principal como don Lorenço en cosa de que avía de salir tan mal. Y para remedio de todo, principalmente para huyr de quien aborrecía, pidió a su general que le diesse licencia para trocar su plaça a la ciudad de Nápoles con otro capitán amigo suyo, porque allí le yva muy mal de salud. Diósela él, y, dexando los negocios en el estado presente, se ausentó de dos mugeres que más que a sí propias le amavan, en tiempo que el padre de doña Leonor estava por mandado del mismo general en Zaragoça de Sicilia, camino de donde don Pedro yva: el qual se fue por lo que pensó se sabía, mas no por lo que se supo, que en la ciudad no se hablava en más que en su valor, gala, gran ingenio y mucha bizarría. Finalmente se embarcó con un criado y lo necessario para el viaje, dexando a otro en la ciudad para que negociasse ciertas cosillas, y, acabadas, se fuesse.

Súpolo doña Clementa a otro día y no fue poco no morir luego según cavó en ella que don Pedro estava ausente de sus ojos, que, aunque él se abscondía dellos, no por eso dexava ella de verle cada día; mas consolóse con que yría tras él y podría tener mejor sucesso su cuydado, pues serían sus contrarios menos. Para execución de lo qual, satisfecha de que, si huviesse galeras, quién podrá ser capitán dellas que diziéndole una muger principal, fiada en su protección, tenía necessidad de passar a la ciudad de Nápoles, de la manera que yva no lo hiziesse, fue tan afortunada, o por dezir como la sucedió, tan desafortunada, que las huvo. Cogió a su hijo en braços, metióse unas sortijas de consideración en los dedos y, tapada de medio ojo, le dixo lo que antes avía propuesto. A quien el capitán respondió que cosas de aquella data tocavan a hombres que professavan las armas, que entrasse segura de que, como se lo avía mandado, lo haría.

Entróla en la galera y dixo a todos los que en ella yvan cómo aquella señora corría por su cuenta, con lo qual se salió a tierra, donde apenas puso los pies en ella, quando se llegó otra, tapada como la primera, que le dixo lo propio, causa de que él preguntasse a los circunstantes si era aquella galera enigma.

-Entrad, señora, que no soys sola vos la que ansí vays.

Ésta era doña Leonor, que, como supiesse por salir la donzella más a menudo por la ausencia de su señor lo que passava, se salió diziéndola yva tapada y sola para hazer la deshecha a hazer cierta diligencia, que se estuviesse ella en casa porque no quedasse sin guarda, que en viniendo la daría parte della. Dávala el cuydado de don Pedro tal prisa que no se pudo detener a tratarlo con la donzella, ni ella fuera suficiente a impedillo. Con esto se vino azia el muelle, donde halló lo que buscava.

Acomodólas en la misma galera, y el capitán entre ellas, y empeçaron a navegar poco más que a las dos de la tarde.

El día siguiente vieron la mar no como la avían menester. Fuera de que, un grumete que subió a la gavia dixo que más adelante se empeçava tormenta, por cuya causa se recogieron al puerto de Mecina, ciudad del mismo reyno. Donde se estuvieron muy contentos de aver entrado en él, embiando las dos unos suspiros al mar y al ayre, suficientes a provocar a llanto al coraçón más de roble. Y tanto lo fueron que, no sé si diga que condolidos dellos estos dos elementos o movidos de amistad porque eran mugeres las que pedían y ellos agua y ayre, las traxeron una galera que encaminava la proa a él, tan maltratada como la que algunas leguas antes avía padecido no pequeña tormenta. Entróse con las demás que en él estavan, y la gente que en ella venía en otras para que adereçassen aquélla.

Acertó a entrar don Pedro en la que doña Leonor y doña Clementa estavan. Luego que della fue visto, se llegó a él y, refiriéndole con las más vivas y más enamoradas razones la obligación que la tenía, no en lo que hasta allí entre los dos passó sino en aver salido a buscarle, se yva a prostrar a sus pies. Mas él se lo escusó, pidiendo al capitán de la galera le diesse un esquife para llegarse a Sicilia, de donde todos partieron. Esto por engañarle para que se le diesse, no porque pensava yr allá; antes, a meterse en unas galeras que en el puerto primero avía visto, que yvan a donde él y no pudo tomar por correr la suya tormenta.

Él le respondió si avía perdido el juyzio, porque querer meterse en el mar sin que de todo punto se huviesse sossegado lo dava a entender.

Díxole:

-Señor capitán, ya sabéys mi determinación y si no me le dáys me arrojaré en ella-, porque ývase a enojar. Y satisfecho el capitán de que mucho mejor que lo dezía lo pondría por obra, se le dio con dos remeros.

Don Pedro huyó de doña Clementa, y aora huye de donde está seguro y se mete en la borrasca de su voluntad, sin tener qué hazer más que no estar donde ella estava.

Doña Leonor, que, saliéndosele el coraçón del pecho, veía lo que passava, celosa por una parte y temerosa por otra, sin descubrirse, por ver si podía estorvarlo, se llegó a él quando se yva a embarcar y le dixo quien era. A lo qual él respondió bolviendo la cabeça a doña Clementa:

-Bien está, encantadora Medea, echáysme de Sicilia y, no contenta con esto, me traéys otra muger con vos que diga es aquel ángel que vive en paz sin obedecer las censuras de amor.

Al fin se entregó a las aguas, lo qual me parece a la temeridad de Eneas por huyr de Dido, y después nos parecerá a todos que hizo tanto como la misma Dido: tanto como Dido se conocerá en que, si ella celosa o de la burla desesperada se mató, lo mismo hizo esta otra y en poco desconcertó el porqué, que fue mucho mayor su temeridad que la de Leandro con Ero y que la de los amantes de Teruel: della digo, que de la dél agora no hablo, está muy llano.

Don Pedro se vio bien poco adentro en la mar, quando unas y otras y muchas olas acosaron el pobre esquife tanto que le bolcaron, y como no pudiesse quitar tabla dél, cogiendo un remo, riñó valerosamente con las aguas. Doña Clementa, que con su compañera doña Leonor estava a la mira sin averse visto las caras, luego que vio a su dueño en peligro tan patente, bolvió a ella y, sacando las sortijas de los dedos y poniéndolas en los del niño, la dixo:

-Señora, si en algún tiempo padecistes el regalo y tormento de amor, particularmente si vuestras entrañas no han sido estériles, doleos deste pobre huérfano de padre y madre. El padre ya veys muere, pues mucho antes lo veréys de la madre. Hazed que le críen, que para esse efecto lleva essas sortijas en los dedos.

Con esto, se dexó caer al agua, donde las olas, por ser muchas y a menudo, parece que de en mano en mano la desaparecieron. Era fuerça averse de ahogar, tanto por esto, quanto porque, quando las aguas no humedecieran las vasquiñas y la echaran a fondo, las que de sus ojos salían eran suficientes, y quando no, las abrasaran y aun la misma mar ardiera con ellas porque salía de sus ojos. Que hizo tanto como Dido, ya lo hemos dicho atrás; y si Leandro passava la mar las vezes que avía de ver a Ero, por lo menos sabía nadar. Si aquella muger de Teruel murió sobre el cuerpo difunto que antes despreció, no lo pensó ansí al principio; pensó sentirlo, mas no morirse por ello: si el sentimiento se entró a donde no le hizieron lugar, la palma a él, pues se tomó lo que no le dieron. Pero esta muger por todos los caminos hizo mucho, porque, si se le pusieron los peligros por delante, no se puede negar, y menos si no se le pusieron. Una muerte y muchos infortunios a algunos les ha seguido, pero a esta muger los infortunios todos se trocaron en muerte, porque la de don Pedro muerte era que ella padecía, y lo era también la de su hijo que ya por tal la contava; de la suya no hazía caso, antes, si se puede dezir, la perdía contenta por ver que don Pedro la veía morir, ya que no por restaurar su vida, que era impossible porque la trocava de buena gana, por salir a un mismo tiempo désta con él.

Al fin murió la enamorada señora, y por entonces no fue hallada. Hablemos aora de doña Leonor, que ha quedado con un niño en braços, hijo del que espera ha de ser su marido, que ha perdido de vista a don Pedro y que ha visto ahogar a doña Clementa. ¡Quál estará esta muger! Porque si pudo causarla la muerte el dezirla «amparad este huérfano» y la de la madre se la pudo restaurar, ya no veía a don Pedro y era lo más cierto que se ahogó, y el tormento se quedava en pie. Si se arrojava al mar, ¿qué medra hallava en ello si se perdía la vida?

Determinóse dezir al capitán saliessen con todas las galeras a buscarle, sucediesse bien o mal, quando, antes que lo pusiesse por execución, uno de aquellos grumetes descubrió una galera que a toda priessa, como la que corría borrasca, se acercava al puerto, que, aunque salió sin ella dél adonde yva, repentina le vino entre el uno y el otro. Ésta llegó en muy breve espacio, en la qual venía el padre de doña Leonor y don Pedro, porque, como acertasse a venir por donde él estava peleando con el mar, perdida ya la esperança de vivir, le recogió en ella. A cuyo tiempo la mar restituyó a doña Clementa en la misma parte que la avía recebido. Sacáronla para enterrarla; y tomó puerto la rezién venida galera, que antes avía padecido, de buelta de Nápoles, la misma tormenta que las de don Pedro a la yda.

Luego que doña Leonor vio a su padre quisiera no aver nacido, mas, quando supo que don Pedro venía en ella, se le olvidaron todos los trabajos, y muchos más que huvieran sido. Y queriéndose aprovechar de la ocasión, tapada, con el niño en braços, mordiendo la toca que en el rostro llevava, porque no la conociesse en el habla, le dixo:

-Señor capitán, si vos tuviérades una hija y se huviera salido tras un hombre principal y los dos estuvieran en una misma parte, ¿qué hiziérades?

Cierto sobresalto le dio al padre, mas bolvió luego y dixo:

-De doña Leonor dudo yo, pues ya se me ha olvidado su virtud y discreción. Digo, señora, que lo sintiera mucho, pero que los casara luego luego, antes que la tierra lo entendiesse.

¡Cárguese el pensamiento en lo que sentiría doña Leonor en descubrir el rostro a su padre! Era fuerça hazerlo, fiada en su mucho saber y en su grande valor.

Y luego que la vio, la dixo:

-¡Cubrid, cubrid, hija! -sin dezirla «¿por qué o para qué hizistes tal?», porque es acrisolada necedad, a lo que ya ha sucedido, ocuparse en esso y no en buscar el remedio; y, llegándola a lo más secreto de la galera, supo quién fue tras quien se avía salido y cuyo era el hijo.

Determinóse a hablar a don Pedro, y, si de no dixesse, venirse a España, donde pensava acabar su pobre vida. ¡Qué de cosas se le pusieron por delante para que no acetasse! Rogarle él ofrecerle una muger que se salió en su busca, ser él valerosíssimo hombre y no de burlas, proprias todas ellas de un afligido, porque sin mucho discurrir hallara que lo avía él de abraçar con todas las veras por averle su hija contado lo que con doña Clementa passó, cómo le avía hecho saber, quando se fue en el esquife, que era ella, y no lo quiso creer, antes dixo ser enredo de doña Clementa, y no se sintiera se huviesse ausentado de su casa, pues avía sido por él. Y, junto con esso, averle también dicho cómo, en el tiempo que estuvo en la borrasca, el criado que en la galera quedó, por cierto interés la hizo saber el discurso del hijo y cómo huyó de Sicilia por la persecución de doña Clementa y por qué no se casava con una señora llamada doña Leonor.

Nada desto se le puso por delante al capitán y ocupó la imaginativa con lo peor. Y estando determinado a hablarle, se le ofreció mejor pensamiento, que fue discurrir en que, pues él sabía la voluntad de don Pedro y la causa de ausentarse de Sicilia, sería más útil no dezille nada, llevarse su hija a su casa, tapada de la suerte que vino, y casarlos en llegando a ella. Hízose ansí y súpose entonces muy por mayor el cuento de doña Clementa y cómo el niño era de los dos. No disgustó a don Melchor esto, que entrara a don Pedro en su casa con ocho.

Tratóse de enterrar la difunta, encima de cuyo sepulcro un poeta, si vizcaýno en los versos de substancia en la obra, puso este epitafio:

«Aquí yaze el amor.» Justamente, por cierto, que de allí adelante no se diría bien veras de amor, sino burlas de amor, que las veras allí quedaron, de suerte que amor y amadora a un mismo tiempo murieron. Con esto se dio a criar el niño en la misma ciudad de Mecina.

Con lo qual se embarcaron en la galera que don Melchor traxo y se bolvieron a Sicilia, y, diziendo a doña Leonor se fuesse a su casa sola de la misma suerte que salió della, se llegaron los dos mano a mano hasta en casa de don Pedro; de donde, antes de entrar don Melchor en la suya, fue a verse con don Lorenço de la Oliva y le dixo cómo, por estimar su persona y aver entendido que era su gusto casasse a don Pedro con su hija, le bolvió a Sicilia de una isleta donde estava sólo con esse intento. Ofreciósele de nuevo don Lorenço, el qual fue luego a pedir albricias a don Pedro, y él se las dio en un abraço en que jurava una constante amistad. Con esto se hizieron las municiones sin que en la ciudad se entendiesse cosa de lo sucedido.

Parece ser que, como en la casa del tamborilero hasta los niños sepan hazer mudanças, y la donzella saliesse a menudo de casa y se mostrasse agradecida a los ofrecimientos del criado que don Pedro dexó en la ciudad, se desposaron en haz y en paz de la Iglesia, de que estava temerosa por saber la condición terrible de sus dueños. Mas quando su señora la dio parte de lo sucedido, se le abrieron los ojos y le dixo lo que passava, y ella a su padre y su padre a su yerno: traxéronlos a casa y casáronse todos juntos con universal alegría de los ciudadanos. Don Melchor llamó a su hija y a su criada, y les preguntó si en el tiempo que ausente estuvo le casaron también a él. Riéronse ellas, mas no don Melchor, que si sentimiento les pareció no avía mostrado, la operación hazía el caso por de dentro. Buscó el remedio como sabio y llorólo como discreto, considerando que si la mejor de las mugeres por solos 15 días de ausencia se fue tras un hombre, la que no fuesse tan buena, ¿qué haría?

Para que açares no huviesse, vino luego nueva de como el niño avía muerto. Mostró sentirlo doña Leonor y aun su padre della también lo mostró. Dios os tenga de su mano, señor don Pedro: con muerte empeçó vuestro casamiento y con muerte vays caminando en él. A no ser vos tan cuerdo, hiziérades caso desso. Mas no se compadecen supersticiones y gran soldado; demás de que, a no dessearlo vos tanto, la cuenta avía venido con pago, porque oy enterrastes a doña Clementa y os casastes mañana, que pudiera ser efeto de los sucedidos açares.

Al fin, don Pedro vivió contento y gozó de suegro solo seys meses, y no fue poca vida para aquél a quien un dolor de la honra aflixe. Fue señor de tres mil ducados de renta, tuvo cinco hijos y dos hijas, hermosos y buenos christianos. Vivió en Sicilia, después de la muerte de su suegro, ocho años, al cabo de los quales vino a la Corte a pretender para ellos, que, fuera del mayorazgo, los demás no eran ricos. Hízosele en ella el favor que a tan gran soldado se le devía, honrósele mucho, diéronle los señores su mesa y su lado, y hízose mucho caso dél. Y no duró esto quatro ni seys años, que llegó a los doze, al cabo de los quales aún vivía colmado de días y no vazío de merecimientos.